„Es gehört viel Sinn dazu,
guten Unsinn zu schreiben".

Mark Twain

Tomas Güttler

Ein Pinguin auf Hiddensee

Naive Inselpoesie

Mit Illustrationen von Claudia Galle

IMPRESSUM:

Ein Pinguin auf Hiddensee · Tomas Güttler · 2017
Illustrationen: Claudia Galle
Satz und Layout: Jacqueline Güttler
Verlag: tredition GmbH, Hamburg
ISBN Paperback: 978-3-7345-6780-3
ISBN Hardcover: 978-3-7345-6781-0
ISBN e-Book: 978-3-7345-6358-4

Hallo

Hiddensee - weithin bekannt,
wird Künstlerinsel auch genannt.
Maler, Dichter und Poeten
aßen Fisch hier, ohne Gräten.
Ließen sich hier inspirieren
von Wasser, Wind und manchen Tieren.
Auch ich als Dichter brauch nichts so sehr,
wie eine Insel, rundum Meer.
Scheint dazu dann auch noch die Sonne,
küsst mich die Muse hier mit Wonne.
Und was in dieser Zeit entstand,
hältst du nun in deiner Hand,
ein Meisterwerk voll Ironie -
naive Inselpoesie!

Dresden und Hiddensee 2016/2017

Inhalt

Inhalt

Ein Pinguin auf Hiddensee

Ich schlendere so und denk: „Oh weh…
ein Pinguin auf Hiddensee."
Da steht er rum, unten am Gellen,
betrachtet und genießt die Wellen.
Denkt und glaubt, weil es so weht,
dass er dort am Südpol steht.
Dort gehört er ja auch hin,
wie ein jeder Pinguin.

Drum ist er immer hier geblieben,
traute sich nie hoch nach Grieben,
denn dort oben, hoch im Norden,
werden ihn die Eisbär'n morden.
Auf Grund der grauenvollen Sitte,
ging er nie weiter, als zur Mitte,
mal ins Kino bis nach Vitte.

Die Boddenflunder

Die Boddenflunder, flach und rund,
liegt faul auf dem Boddengrund.
Nur ab und zu, die Wellen eben,
bringen diese dann zum Schweben.
Dann geht es auch schnell wieder runter,
sonst wär es ja keine Boddenflunder.

Uschi Glas

Einmal fand der Bernd 'nen Stein
und fragte: „Wird das Bernstein sein?"
Dann zeigte er der Uschi das,
kopfschüttelnd sagte Uschi: „Glas!"

Inselruhe

Nach Schaprode mit dem Bus,
ein absoluter Hochgenuss.
Raus aus dem Bus, rauf auf die Fähre,
hopp, hopp, fix, fix, kein Rumgemähre.

Kaum legt das Schiff in Kloster an,
ist auch schon die Kutschfahrt dran.
Knapp drei Stunden sind jetzt Zeit
für die Inselherrlichkeit.

Ein schnell erhaschter Inselblick
und schon fährt das Schiff zurück,
mit Vollgas, weil es schnell geh'n muss,
in Schaprode steht der Bus
für die Rückfahrt schon bereit,
endlich im Bus - jetzt hat man Zeit!

Verpasst

Auf Hiddensee ward nie geseh'n
Goethe, Schiller und Mark Twain.
Auch Picasso und Chagall
malten hier auf keinen Fall.

Kolumbus entdeckt Amerika,
also war auch der nie da.
Kaiser Napoleon, samt Armee,
kämpfte nie auf Hiddensee.

Maria Callas fiel auch aus,
denn es fehlt ein Opernhaus.
Die Queen aus England, auch ein Star,
der niemals auf der Insel war.

Gar viele waren nie zu Gast
und haben Hiddensee verpasst.

Das Rendezvous

Auf ein Feld, gleich hinter Grieben
kommt ein Pferd, sich zu verlieben.
Doch recht schnell zieht's eine Schnute,
weit und breit gibt's keine Stute.
Da kommt ein Schaf und sagt „He Du!",
jetzt hat das Pferd sein Rendezvous.

Seepferd Gert

Bei Vitte wohnt der liebe Gert,
mit Frau und Kindern, als Seepferd.
Da er gern kocht, steht Seepferd Gert
den lieben, langen Tag am Herd.

Denn so bereitet er, der Gute,
das Essen für seine Seepferdstute
und mit lächelndem Gesicht
serviert er dann ihr Leibgericht.

Da Seepferdchen ganz anders sind,
gebärt hier auch der Gert das Kind
und seine Frau ruht sich zu Haus
von den Strapazen erstmal aus.

Löwenmöwe

Am Strand von Kloster klagt eine Möwe
und wünscht sich sehr, sie sei ein Löwe.
Laut brüllend hier am Strand zu liegen,
wäre wahrlich ein Vergnügen.

In Kenia denkt ein Löwe wieder,
ich hätte gern weißes Gefieder.
Zwitschernd durch die Lüfte gleiten,
würde ihm viel Freud' bereiten.

Um das zu ändern paart der Löwe,
sich verliebt mit dieser Möwe.
Seit dem fliegen Löwenkinder
auf Hiddensee - nicht nur im Winter.

Strandhornissen

Zwei Damen wurden fast gebissen
von den Ostsee-Strandhornissen.
Doch dann sind sie ganz beflissen
vor den Tierchen ausgerissen.
Darauf fanden die Hornissen,
ihr Hornissendasein sehr beschissen.

Verhindert

Der Bodden ist, dass weiß ein jeder,
nicht tief genug für Flugzeugträger.
Auf Hiddensee die Landebahn,
ist viel zu kurz für Airforce ONE.
Aus diesem Grund war er nie da,
der Präsident der USA.

Hummerkummer

Ein Hummer ist nur selten rot,
denn ist er rot, dann ist er tot.
Und ist er tot, der rote Hummer,
dann hat er nie mehr Liebeskummer.

Der verirrte
Karpfen

Ein Karpfen schaute aus dem Meer,
die Aussicht wunderte ihn sehr.
Er war nun voller Angst und Sorg',
das hier ist niemals Moritzburg.

Er tauchte ab und wusste gleich,
zu klar das Wasser - das ist kein Teich.
Egal, dachte der Karpfen forsch,
dann bin ich eben jetzt ein Dorsch.

Otter mit Kreuzen

Herr Otter lebte am Bessin
und hatte nichts mehr anzuzieh'n.
Er schwamm nach Vitte, über'n Bodden
um dort nach Herzenslust zu shoppen.

Das Einzige was Otter fand,
ein Teil mit vielen Kreuzen
und da es ihm vorzüglich stand,
ist er als Kreuzotter bekannt.

Die Steinlaus

Die Steinlaus saß am Ostseestrand
und hatte Steine in der Hand.
Da biss sie sich, oh welch ein Graus,
am Stein die letzten Zähne aus.

Die Laus war älter, muss man wissen,
doch zahnlos kaut es sich beschissen.
Ohne Zahn kann sie zwar knutschen,
Steine aber nur noch lutschen.

Strand-Mate

Trinkst du gern am Strand Club Mate?
Nein? - Das wäre wirklich schade,
denn mit Mate in der Hand
bist du der Coolste hier am Strand.
Und trinkst du tausend Flaschen gleich,
wirst du vom Pfand dann auch noch reich.

AIDA

Ein Kreuzfahrtschiff im Mittelmeer
irrt ziemlich ziellos hin und her.
Nach Sizilien soll es gehen,
um den Ätna anzusehen.

Doch das Navi war dagegen,
hat seinen Geist grad aufgegeben.
Aus diesem Grund hat sich seit Jahren,
erstmals ein Kreuzfahrtschiff verfahren.

Und plötzlich liegt, das war noch nie da,
vor Hiddensee, das Schiff AIDA.
Die Gäste strömen zügig aus,
den Ätna zu bezwingen,
doch kein Vulkan und keine Lava,
nichts von all den Dingen.

Aus diesem Grund nicht zu empfehlen ist,
Hiddensee, für den Vulkantourist.

Stau

Eines weiß ich ganz genau,
auf Hiddensee gibt's niemals Stau.
Kaum ein Auto, viel Gestrampel,
außerdem gibt's keine Ampel.
Und was auch ein Grund sein kann,
es gibt dort keine Autobahn.

Früher

Früher, dass ist jedem klar,
als der Motor noch nicht erfunden war,
reiste noch ein Jedermann
mit Pferdebus und Pferdebahn.
Was aber wirklich seltsam wäre,
die Fahrt auf einer Pferdefähre.

Après-Ski

Hiddensee, das ist kein Ort,
für elitären Wintersport.
Die ganze „Winter-Haute-Volée",
kommt nicht hierher, mangels Schnee.

Darum feiert man auch nie,
solch Partys wie den Après-Ski.
Damit das weiterhin so bleibt,
hoffen wir, dass es nicht schneit.

Hauptmann

Früher ging im Hauptmann-Haus,
Gerhart Hauptmann ein und aus.
Was hier auch niemanden störte,
weil das Haus ja ihm gehörte.
Und wenn er mal nicht kam und ging,
schrieb er ein Buch, das war sein Ding.

Insel Mön

Könnt ich übers Wasser gehn,
oh das wäre wirklich schön,
denn dann lief ich glatt nach Mön,
um mir das mal anzusehn.
Doch da ich nicht der Jesus bin,
steig ich in's Wasser und schwimm hin.

Die Blindschleiche

Die Blindschleiche mit ihrem Kind,
sie schlich nach Vitte, sie tat es blind.
Denn wär' sie nicht blind hingeschlichen,
dann hätt' sie anders heißen müssen.

Würde sie blind nach Vitte rennen,
wie müssten wir sie dann wohl nennen?
Richtig! Ein jeder Schlangenkenner
weiß, sie wär der blinde Renner.

Das Whiskyschiff

Vor Hiddensee, auf einem Riff,
strandete ein Whiskyschiff.
Ein Schiff voll Whisky, ist das wahr?
Die Leute johlen laut: „Na klar!"

Und sie brachten über Nacht,
schnell an Land die gold'ne Fracht.
Und seit dem, am Strand von Kloster,
grillen Sie, zum Whisky Roster.

Die Insulaner sind blau und blauer,
rund um die Uhr ist Happy Hour,
sie werden hundert Jahre alt,
Grund ist der leckere Single Malt!

Edgar

Edgar ist ein klasse Pferd,
welches sich von Gras ernährt.
Zwischen Neuendorf und Vitte,
ja so ziemlich in der Mitte,
steht es rum am Weidezaun,
um tagtäglich Gras zu kau'n.
Doch was Edgar wirklich will,
ist eine Kreuzfahrt auf dem Nil.
Ein Pferd? Am Nil? Genau ihr wisst,
dass Edgar dann ein Nilpferd ist.

Massentourismus

Was eine Katastrophe wär,
es kämen so viel Spanier her,
wie Deutsche nach Mallorca fahr'n,
zu feiern dort am Ballermann.
Denn so viel Platz, ich will nicht lügen,
hat nicht einmal die Insel Rügen.

Heiner

Im Walde, am Dornbusch, da lebt Heiner,
der findet alles hier viel kleiner.
Das ist kein Wunder, denn ihr wisst,
dass dieser Heiner ein Riese ist.
Von Kloster braucht er bis nach Vitte,
gerade einmal sechzig Schritte.

Mozart

Auf Hiddensee ein Papagei,
glaubte, dass er Mozart sei.
Am Flügel spielt er schönste Lieder
mit seinem flauschigen Gefieder.
Ein jeder hier ist ganz verrückt
nach seiner kleinen Nachtmusik.

Er macht Musik aus jeder Sparte,
in Kloster, in der Vogelwarte.
Und sieht auch aus, ganz wie ein Star,
mit seinem wild toupierten Haar.
Vorm Applaus genießt er die Stille
hinter seiner Sonnenbrille.

Nach seinem Auftritt nimmt er immer
zwei bis drei Groupies mit aufs Zimmer.
Doch was auf Bude dann abgeht,
behandelt Mozart sehr diskret.

Urlaub

In Kloster lebt Familie Gau,
als Ehemann und Ehefrau.
Sie wollten nun, nach sieben Jahren,
mal wieder in den Urlaub fahren.

Doch da der liebe Ehegatte,
wirklich große Flugangst hatte,
buchte sie, auf seine Bitte,
ein Ferienhaus am Strand von Vitte.

Der Rollmops

Ein Rollmops sprang aus seinem Glas
in mein Brötchen, das ich aß.
Das Brötchen, hier vom Inselbäcker,
war dadurch dann besonders lecker.

Das schwarze Loch

Die Kinder spielen gern am Strand
und graben Löcher in den Sand.

In einem wahren Buddelwahn,
fing Paul wie wild zu buddeln an.
Er grub sich immer geradeaus,
bis nach Neuseeland, dort kam er raus.

Und seine Eltern stehen noch
ratlos vor dem Riesenloch.
Die Moral von der Geschicht',
zu tiefe Löcher grab lieber nicht.

Das Meerschwein

Ein Meerschwein lief am Dornbuschwald
mit Schal und Mütze, ihm war kalt.
Drum nahm ich das Tier in meine Hand
und ging mit ihm runter, an den Strand.

Ich warf das Schwein zu seinem Glück,
nicht wieder in das Meer zurück.
Das Tierchen zieht jetzt bei mir ein
und will ab jetzt mein Hausschwein sein.

Der Insel-Vampir

Neulich erschien, man glaubt es kaum,
Graf Dracula in meinem Traum.
Er haust in Kloster und sorgt für Sorge,
im Wald und auf der Lietzenburge,
denn sein Durst nach Menschenblut
sorgt hier für starke Blutarmut.

Doch mein Traum, er endet gut
und freut die Insulaner
Graf Dracula trinkt nie mehr Blut,
er ist ab jetzt Veganer.
Er zieht nun all seine Vampirkraft
aus frisch gepresstem Sanddornsaft.

Seekranker Hecht

Bei Seegang wird dem Ostseehecht
durch das Geschaukel ziemlich schlecht.
Sich andauernd zu übergeben,
ist kein entspanntes Seehechtleben.

Drum liegen sie, das ist bekannt,
wenn es stürmt auch oft an Land
und genießen, welch eine Wonne,
ein ruhiges Bad in der Sonne!

Tragisch

Ein Karpfen suchte seine Frau,
er schwamm ins Netz - jetzt ist er blau!

Dromedare

Einst saß der Inselbeduine
ganz allein auf einer Düne
und bewachte seine Herde,
doch es waren keine Pferde.

Nein, es waren wunderbare,
Hiddensee'er Dromedare,
die sehr gern und sehr viel fraßen
und das Fressen nie vergaßen.

Der blaue Wal

Ein Blauwal kam grad ziemlich keck,
betrunken aus dem Wieseneck.
Bestimmt schimpft mit ihm seine Frau,
kommt er nach Haus, schon wieder blau.
Sie findet „blau sein" sehr fatal,
er, für einen Blauwal, ganz normal.

Der Waschbär

Ein Waschbär hatte viel zu tun
und keine Zeit sich auszuruh'n.
Er wusch die Wäsche wirklich viel,
mit Spee, Lenor und mit Persil.

Er wäscht von Hand, mit ernster Miene,
kaputt ist seine Waschmaschine.
Was schon von Zeit zu Zeit passiert,
den Waschbär'n aber sehr frustriert.

Die Inselhexe

Die Hexe aus dem Inselwald
wird heute hundert Jahre alt.
Aus aller Welt kommen die Gäste,
zu ihrem großen Wiegenfeste,
auf ihren Besen angeritten,
herrscht über Kloster unbestritten,
ein stark erhöhter Flugverkehr,
der stört die Insulaner sehr.

Spatzen-Star

Ein Hiddensee'er Inselspatz,
ihn nannten alle Ringelnatz,
erzählte Sagen und Geschichten,
in Form von Reimen und Gedichten.

Die Leute fanden es wunderbar,
so wurde aus dem Spatz ein Star.
Er singt seit neuestem hin und wieder,
für seine Fans auch Seemannslieder.

Und seine Lieder werden gleich -
Hits, sogar in Österreich.
Gefallen ganz besonders gut,
den Spatzen dort aus Kastelruth!

Sturm

Bei Gegenwind, weiß jedes Kind,
da radelt's sich nicht so geschwind.
Gestern auf der Fahrt nach Grieben,
bin ich ständig stehen geblieben,
denn es war sehr starker Sturm,
ausgerechnet auch noch von vorn.

Auch auf der Rückfahrt hat's geweht,
nur leider hat der Wind gedreht.
Deshalb musste ich von Grieben
mein Fahrrad bis nach Kloster schieben.

Tschechische Forelle

In Tschechien an der Elbequelle,
lebte eine Bachforelle.
Sie wollte nicht für immer bleiben,
drum ließ sie sich stromabwärts treiben.

Über Dresden kam sie dann,
irgendwann in Hamburg an.
Sie schwamm ins Meer, das fand sie fies,
das Wasser war hier nicht mehr süß.
Also dachte sie sich helle,
nenn ich mich jetzt Lachsforelle.

Die Meeresströmung nahm sie dann
und kam bald in der Ostsee an.
Von da an lebt sie kerngesund,
zwischen Kloster und Stralsund.
Leicht ein jeder sie erkennt,
an ihrem tschechischen Akzent.

Der Regenwurm

Regenwürmer hassen baden,
zumindest an 'nem Angelhaken,
denn wenn man an dem Haken hängt,
ist die Freiheit eingeschränkt.
Und aus einem Grund wie diesem,
können das Bad sie nicht genießen.

Uschis Butt

Uschi fängt 'nen frischen Butt,
nur leider ist ihr Herd kaputt.
Aus diesem Grund gibt es bei Uschi -
heute Sushi!

Dynamohummel

Die Inselhummel heißt Marlen,
sie hat leider ein Problem.
Sie brummt herum, schwarzgelb gestreift,
so dass ein jeder gleich begreift,
Marlen ist ein Dynamo-Fan
und das ist ihr auch anzuseh'n.

Doch hoch im Norden ist bekannt,
liegt Hiddensee im Hansa-Land.
Aus diesem Grunde fliegt sie weise
durch die Heide und brüllt leise:
„DYYYY - NAAAAA - MOOOO"
und ist so eben leise froh.

Klaus

Ein Pony auf dem Ponyhof,
fand seinen Haarschnitt ziemlich doof.
Doch sein Pony-Kumpel Pelle
besorgt ihm eine Dauerwelle.

Frisch gelockt sieht Pony Klaus,
fast wie Thomas Gottschalk aus.
Stolz trabt Klaus nun volle Kanne,
oft durch Kloster, gibt Autogramme.

Irrtum

Ich frage mich, was soll denn das,
am Dornbusch wächst jetzt Ananas?
Wo kürzlich noch die Heide fein,
steht jetzt ein ganzer Palmenhain.

Mango, Feige und auch Mandel,
bescherte uns der Klimawandel.
Hiddensee jetzt so exotisch,
find ich sowas von idiotisch.

Doch als ich fast die Krise kriege,
merk ich, dass ich am Strand von Kuba liege.

Kaktus

Ein Tritt in einen Kaktus -
tut weh - besonders barfuß.
Drum solltest du dich stets umseh'n,
am Strand nach stachligen Kakteen.

Doch am sichersten gehst du,
im hochgeschlossenen Arbeitsschuh,
am Strand von Neuendorf spazieren,
so kann dir gar nichts mehr passieren.

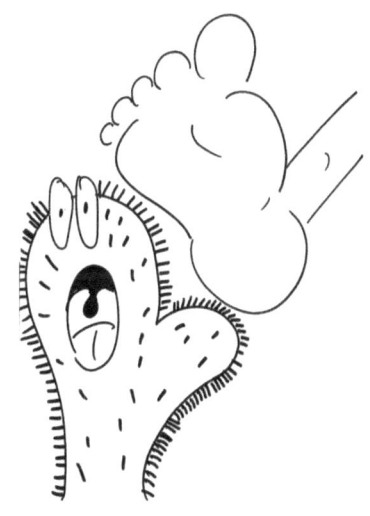

Die nackte
Schnecke

Ein Maler malt mit seinem Pinsel
eine Schnecke auf der Insel.
Am liebsten zeichnete er Akt,
deshalb war die Schnecke nackt.

Sie hat nun völlig ungeniert,
vor dem Maler rumposiert.
Nur störte es den Schneckenmann,
er sagte: „Zieh dir bitte etwas an!"

Die Wanderkröte

Aus Karl-Marx-Stadt, eine Kröte,
fand ihr Dasein ziemlich öde,
denn das Meer sah sie dort nie,
nur sehr viel Staub und Industrie.

Sie redete sich förmlich ein,
das kann doch noch nicht alles sein.
Um das zu ändern zog sie dann,
ihre Wanderstiefel an.

Sie hat sich auf den Weg gemacht
und kam nach langer Wanderschaft
nun an der Ostsee an.
Ganz klar, dass es ihr hier gefiel,
darum beantragte sie Asyl,
was sie auch bekam.

Das Krötenleben, nun fast perfekt,
vermisst sie manchmal den Dialekt.

Das Konzert

Gestern kamen drei Tenöre
nach Hiddensee mit einer Fähre,
um in Kloster mal soeben,
ein Spontankonzert zu geben.

Die Inselkirche reicht voll aus,
wer braucht denn schon ein Opernhaus.
Nur der Jugend fehlt das Fieber,
die wollen lieber Justin Bieber.

Doch die Tenöre sind schon da,
dann kommt der Bieber nächstes Jahr.

Kolumbus

Kolumbus heißt ein Entenmann,
der fantastisch schwimmen kann.
Jeden Sommer kommt er immer
nach Hiddensee, als Rettungsschwimmer.

Ziemlich eng und sehr schön kurz,
sind seine roten Badeshorts.
Betört denkt jede Damenente,
wenn er mich nur retten könnte.

Doch Kolumbus kennt genau,
seine Wirkung auf die Frau.

Hühnergott

Der schönste Hahn, den es hier gibt,
heißt Fred und Fred ist sehr beliebt.
Die Inselhühner kreischen gleich,
kommt Fred und werden kreidebleich.
Sie alle finden ihn so „HOT" -
er ist für sie ihr Hühnergott!

Ein Friseur

Anders als die Insel Föhr,
hat Hiddensee nur ein' Friseur.
Zu ihm müssen alle gehen,
weshalb auch alle gleich aussehen.
Denn ein Schnitt der funktioniert,
wird bei allen praktiziert.

Runder Igel

Unter einem Sanddornstrauch
wohnt Igel Frank - mit Bierbauch.
Ansonsten ist der Igel schick,
nur die Wampe ist zu dick.

Damit das nicht so weiter geht,
macht Igel Frank endlich Diät.
Doch eines macht ihm wirklich Ärger,
er trinkt so gerne Radeberger.

Da das immer auch so bleibt,
bleibt Igel Frank lieber beleibt
und kauft sich eher ein Jackett,
welches seinen Bauch versteckt.

Du hast den
Farbfilm vergessen

Im Sommer kam die Nina an,
sie schimpfte mit ihrem Ehemann:
„Michael, wie kann das sein,
du stecktest keinen Farbfilm ein?

Jetzt haben wir, das ist ein Scheiß,
die Inselbilder nur schwarz-weiß
und in schwarz-weiß, das ist doch Mist,
glaubt keiner uns, wie schön's hier ist."

Doch Micha murmelt: „Mir egal,
ich fotografier längst digital."

Merkels Benz

Hoch oben, am Klausner, da soll es sein,
Angela Merkel lädt alle ein,
nach Hiddensee, was glaubst denn du,
zu ihrem Parteitag der CDU.

Doch scheitert glatt die Konferenz,
am Parkverbot für Merkel's Benz.
So hat man hier weiter seine Ruh'
und keiner vermisst die CDU.

Flaschenpost

Der Wind weht heute aus Nordost
und liefert pünktlich Flaschenpost.
Nur denen im Süden fehlt das Glück,
der Wind treibt ihre Post zurück.

Daher wartet der Empfänger
auf Post aus Süden leider länger.
Doch er übt sich in Geduld,
schließlich hat das Wetter Schuld.

Der Hirte irrte

Es war einmal ein Schweinehirt,
der hatte sich im Stall geirrt.
Er stand im Stall und fand nun keine,
seiner so geliebten Schweine.

Stattdessen fand der Hirt, der Brave,
über hundertachtzig Schafe.
Aus diesem Grund verkauft der Tolle,
nun statt Schinken eben Wolle.

Die Schweinchen feiern gleich ein Fest,
weil man ihnen den Schinken lässt.

Der weiße Hai

Neulich schwamm ein weißer Hai
am Strand von Neuendorf vorbei.
Er wollte gerne Fangen spielen,
mit Badegästen, die ihm gefielen.

Doch hatten diese, zu seinem Frust,
zum Fangen spielen keine Lust
und banden ihm die Augen zu,
nun spielt der Hai halt „Blinde Kuh".

Für Andreas A.

Allgemein ist sehr bekannt,
bei Regen liegt man nicht am Strand.
Zu Haus bleibt man dann ganz galant,
mit einem Buche in der Hand.
Daher ist ein Dauerregen,
dem Buchhändler sein größter Segen.

Auf dem Mond

Läge Hiddensee auf unsrem Mond,
die Insel wäre unbewohnt.
Die Ostsee wäre nur ein Krater,
die Atmosphäre deutlich zarter
und vor allem, sein wir ehrlich,
die Anreise wär sehr beschwerlich.
Auch wenn man wirklich Ruhe will,
da oben ist es dann doch zu still.

Giraffen-Shuttle

Hübsch gefleckt, nach neuster Mode,
lebt eine Giraffe in Schaprode.
Sie steht zu jeder Jahreszeit,
für Gäste im Hafen als Shuttle bereit.

Denn sie kann nach Vitte laufen,
ohne dabei abzusaufen.
Immer mehr wird unbestritten,
nun nach Hiddensee geritten.

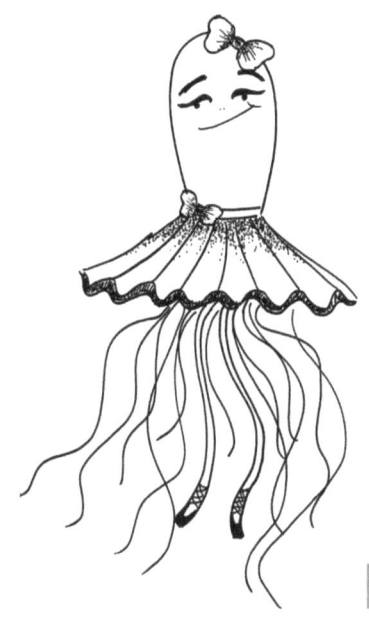

Heidi tanzt

Qualle Heidi tanzt sehr nett,
sie geht tagtäglich zum Ballett.
So kann Heidi, ganz nach Belieben,
am Meeresgrunde tanzen üben.

So schön wie Heidi tanzte nie,
eine Qualle im Tütü.
Drum wird sie bald im Meeresklima,
die erste Prima-Quallerina.

Schnell

Gestern stieg ich unterm Ku-Damm,
in Berlin in eine U-Bahn.

Die Fahrt nach Spandau schien perfekt,
doch plötzlich waren die Bremsen defekt.
So rasten wir weiter im Erdenreich,
mit Tempo durchs Dunkel, kreidebleich.

Nach ein paar Stunden kamen wir dann,
auf einer schmalen Insel an.
Nur fehlte dort, das fand ich doof,
für meine Rückfahrt ein U-Bahnhof.

Der Jungkoch

Neulich kam aus Pakistan,
ein Jungkoch auf der Insel an.
Doch bekam der Kochexot
leider kein Stellenangebot.

So muss er von Kneipe zu Kneipe laufen
und fragen: „Du wollen Rose kaufen?"
Ein jeder hier auf Hiddensee,
mag seine tolle Geschäftsidee.

Jetzt gibt es hier, lasst es euch sagen,
riesige, neue Rosenplantagen.

Zwei Hörner

Ein Einhorn saß im Mondenschein,
oben am Leuchtturm und trank Wein.
Da kam ein Nashorn, das lud es ein,
so trank das Einhorn nicht mehr allein.

Die beiden Hörner tranken so,
etwa vier Liter und sangen froh,
Helene Fischer's „Atemlos"
und andere Hits, das klang grandios.

Und was hier so beim Wein entstand,
macht sie zu Stars am Inselstrand.

Valerie

Die Heuschrecke heißt Valerie,
hat eine Gräserallergie.
Das findet Valerie sehr blöd,
wann immer sie im Heu rumsteht.

Drum ist ihr Leben nicht perfekt,
sie kann es nicht genießen,
denn wenn sie so das Heu erschreckt,
dann muss sie immer niesen.

Fischer
ohne Kutter

Ein Fischer ohne Kutter,
ist wie ‚ne Schraube ohne Mutter,
ist wie Sand ganz ohne Dorn,
ist wie hinten ohne vorn,
wie Busen ohne Halter,
oder Zitronen ohne Falter,
wie eine Fliege ohne Pilz
und wie ein Körper ohne Milz,
ist wie ein Fisch ohne Gräten
und Marionetten ohne Fäden,
wie ein Fuß ohne Ball,
eine Rakete ohne All.
Genau wie eine Bemme ohne Butter
ist auch ein Fischer ohne Kutter!

Tschüss

Die letzte Seite nun gewendet,
kommt hier der Teil wo das Buch endet.
Natürlich, irgendwann ist Schluss
mit dem Poesiegenuss.
Selbst auf Hiddensee ist sie,
nicht endlos meine Phantasie.

Mir ganz besonders Freud' bereiten,
die Bilder, die den Reim begleiten.
Diese Bildchen malte alle,
eine Claudia, namens Galle.

In Form gebracht mit kecker Miene,
hat Bild und Vers die Schakkeline.

Bleibt zu hoffen, liebe Leute,
dass dies Büchlein euch erfreute,
ihr nun auch mal an mich denkt
und das Buch fleißig verschenkt!

Die letzten Seiten sind leer geblieben,
vielleicht wollt ihr hier dichten üben?
Und packt euch dann das Dichterfieber,
schickt sie zu mir, ich freu mich drüber.

→ epah@freenet.de

Zeitfracht Medien GmbH
Ferdinand-Jühlke-Straße 7
99095 Erfurt, Deutschland
produktsicherheit@kolibri360.de